〖父女诗话〗

千山云开

王席知 著

北京燕山出版社
BEIJING YANSHAN PRESS

图书再版编目（CIP）数据

父女诗话．千山云开/王席知著．—北京：北京燕山出版社，2017.2
ISBN 978-7-5402-4402-6

Ⅰ．①千… Ⅱ．①王… Ⅲ．①诗集—中国—当代 Ⅳ．①I227

中国版本图书馆CIP数据核字(2017)第011082号

千山云开
QIAN SHAN YUN KAI

作　　者	王席知
插　　图	王席知
责　　编	郭东梅　王梦楠
责任校对	甄　飞　杜　睿
封面设计	闰江文化
社　　址	北京市西城区陶然亭路53号（100054）
网　　站	http://www.bjyspress.com/
微　　博	http://weibo.com/u/2526206071
电　　话	01065240430
传　　真	01063587071
印　　刷	北京博海升彩色印刷有限公司
开　　本	880mm×1230mm　1/32
字　　数	50千字
印　　张	3.5
版　　次	2017年2月第1版
印　　次	2017年2月第1次印刷
定　　价	48.00元（全两册）
出版发行	北京燕山出版社　YSP BEIJING YANSHAN PRESS

版权所有　盗版必究

▲ 新诗百年 艺术人生

▲ 与著名诗人洪烛合影

▲ 人民艺术诗社社长姚鸿飞为王席知颁奖

▲ 父爱如诗 母爱如画

▲ 海阔天空

作者简介

王席知，女，12岁，现就读于北京市朝阳区芳草地国际学校丽泽分校，人民艺术诗社社员。在父亲的启蒙下，6岁开始写诗，在新浪博客以"千山云开"之名发表诗作。诗是旷野的爱，是寒夜的暖，是浓霾后的千山芬芳，是前世今生等来的一次绽放。坚持认为新诗写作要把握四个方面：一是表达出真情实感，二是读起来朗朗上口，三是写起来意味深长，四是形式上返本开新。

诗集简介

诗集《千山云开》是少年诗人王席知历时6年创作的诗歌合集,图文并茂,每一首诗都配有自己稍显稚嫩的画作。6年来,诗人一共创作了100多首现代诗,《千山云开》精选了其中的25首。《千山云开》来源于诗人耳闻目睹的真实生活,思想纯真、语言纯朴。诗集讴歌了蒸蒸日上的伟大祖国,赞美了高天流云的大千世界,催人向上、激人奋进。

序

父爱如诗 母爱如画

世间存在的事物都值得期待，哪怕是一粒尘埃也很精彩。爸爸把人生概括为"三颗尘埃"：红尘、烟尘和芳尘。我的爸爸妈妈在滚滚红尘中策马奔腾，在浩渺的烟尘中起早贪黑，在美妙的芳尘中若有所思。

可怜天下父母心，可敬天下父母情。我的爸妈即使是一颗尘埃，他们最大的期待也是让我过得精彩。

一、父母引导我理解生活的过程充满诗情画意

我的父母都是凡夫俗子，约定俗成地沿着成长到成熟、成事到成功的人生路径向前奋进。但是，在关于"望女成凤"方面，一有风吹草动，他们马上就会超凡脱俗，甚至充满诗情画意。

爸爸经常像唐僧一样念念有词，说他年轻时最大的梦想是成为一名无边无际的诗人，自由自在。或许为了让我延续他的"白日梦"，让他自己的理想东山再起，他总是若无其事地把我推向诗的边缘。他压迫我读书、思考和写作由来已久，把唐诗宋词作为我的启蒙读物，让我囫囵吞枣地阅读《20世纪外国诗选》中译本，甚至让我接触《诗

经》那样的天书。我虽然有些闷闷不乐，却也无能为力。他还把自己创作的诗歌摇头晃脑读给我听，让我学习和模仿，我真的不知所云，偶尔假装听明白，让他笑逐颜开；他很少那么开怀，只要我点一次赞，他一定眉飞色舞。在爸爸长年累月的熏陶下，我试着去理解他在诗歌中表达的思绪与情绪，从六岁开始写日记，甚至试着写一些小诗。

妈妈对爸爸强制我日后成为"诗人"的想法和做法一直耿耿于怀，屡次干涉和阻止，她更愿意让我将来在绘画或音乐上有点作为。其实妈妈的艺术细胞能把爸爸甩出几条街，手风琴、长笛、电子琴样样精通，在画画上也是灵气十足，妈妈的特长是权威部门认定的，爸爸的诗人身份则是自封的。爸爸比较固执己见，再加上能言善辩，事情通常都会顺着他的逻辑发展。妈妈为了和爸爸分庭抗礼，为了彰显她在美术上留给我的基因足够强大，从我三岁时就让我拜师学艺，什么儿童画、水彩画、素描、漫画、油画我都画得不亦乐乎。天下的父母在望子成龙、望女成凤上都同病相怜，已经拔苗助长了还嫌拔得不够高，已经强扭瓜果了还嫌扭得不够狠。

爸爸出生在河南新县吴陈河乡山峦起伏、山路崎岖的八山岗一带，从寻根问祖的角度看，那里应该是我的第一故乡，北京是第二故乡。我偶尔也会思考，自己是北京人还是河南人呢？妈妈斩钉截铁告诉我，我是北京人；爸爸在谈及这个问题时，似乎总是声东击西。2015年暑假，我们又回乡探亲。站在八山岗的一座无名高山之上，山清水秀、白云飘飘，爸爸让我给眼前的景象取个诗名，我说这是《云开雾散》，爸爸说是《千山绵延》，对诗歌一穷二白的妈妈居然漫不经心地说出了《千山云开》这样美不胜收的标题，爸爸顿时对妈妈刮目相看、连声称赞。在我的印象中，爸爸基本是一个"目空一切、夜郎自大"的人，我压根没有听说他对谁俯首称臣。因为爸爸是外地人，妈妈是北京人，我一度对"是爸爸娶了妈妈还是妈妈娶了爸爸"这样的问题困惑不已，此情此景让我多少对困惑有了一知半解。确立了这个主题之后，我开始构思、动笔、修改，爸爸始终不太满意，他说我写的完全是山水诗，山水只有托物言志才更有价值。他对我说了十万八千遍，人生有三大关口：飘忽不定的风口、依依惜别的渡口和纵横交错的路口，他说他从村边的路口出发，历经人世间无数个渡口，始终准备迎接人生的下一个风口。他让我在风景诗里加入这些意象，我实际是带着命题作文的任务完成了《千山云开》：

我为生命开怀　为命运释怀

为千山舒展满眼飘过的云开

我不会在风口　期许有人来收留

也不会在渡口　默许有人去放手

二、父母指导我写作诗歌的过程充满明争暗斗

爸爸和我对待诗歌的认知态度和写作方式有着天壤之别。由于深受唐诗宋词的影响，我追求对仗和押韵，追求"天生我材必有用，千金散尽还复来"的痛快，追求"大江东去浪淘尽"的豪放；爸爸的诗歌在我看来有些乱七八糟，不对仗、不押韵，格调暗淡，愤怒、郁闷、愁苦漫山遍野，也许是我年少懵懂无法理解成人世界，我暗自寻思"受伤的为什么总是他"。他的作品风格基本类似于《等待童话》：

水光游移到深梦的河边

在睡丛中隐去

倘若在空山　在酒夜

在潮润的传说中

有牧羊人的炊烟

向我颤动

那个清瘦的天堂

就会提前来到

终生只与黑鸟相怜

最初的羽毛覆压着笑纹

我想起野魂的说法

并且希望一条条紫斑

延展到多年以后

首先啊　是一些数字

然后是地图

在我看来，这完全是胡言乱语，让人摸不着头脑；我说我喜欢他的诗，纯粹是为了让爸爸的情绪得到些许安慰。我一直感觉爸爸的作品有三大缺陷：充满忧郁、很不好懂、比较消极。我的观点与妈妈不谋而合，自然而然得到了她的鼎力声援。在面对作为少年的我到底如何写诗的问题，我们一家三口分为泾渭分明的两个阵营，我和妈妈前呼后应，爸爸孤军奋战，双方的分歧主要集中在三个方面：

第一，形式为主还是内容为主。

在爸爸看来，诗歌内容比形式重要，是妇孺皆知的事情，思想内涵的深刻性要胜过语言上的可读性、形式上的对称性。12岁的我没有那么多思想和内容，我认为一首诗无论内容多么博大精深，别人如果连读起来都举步维艰，那还怎么引起共鸣？我认为，诗歌的可读性要超过它的深刻性。

几乎从会说话的时候开始，我就背诵唐诗宋词，长期的诵读让我产生一种直觉，诗词所表现的思想可以非常深刻，但文字不能太深奥、太晦涩、太抽象；自古以来，源远流长的诗歌都文字直白、朗朗上口、意境深刻。我尤其喜欢李白的《将进酒》、杜甫的《茅屋为秋风所破歌》、苏东坡的《赤壁怀古》和《水调歌头》、毛泽东的《沁园春·雪》，朗读起来特别过瘾，谱上曲都可以演唱；虽然这些诗词非常通俗易懂，却是脍炙人口的千古名篇。让我永远萦绕耳边的是，一年级的时候，年轻奔放的班主任王萌老师就曾经带着6岁的我在巨大的舞台上演唱过《水调歌头·明月几时有》，那场面至今历历在目，那感觉无与伦比。徐志摩的《再别康桥》，余光中的《乡愁》，海子的《面朝大海，春暖花开》，席慕蓉的《一棵开花的树》，汪国真的《热爱生命》无不让人拍案叫绝，都是朗诵精品。所以，我基本是顺着朗诵的感觉完成写作，我在《勇敢》中直抒胸臆：

假如我能够穿越天边的围栏

探索宇宙千变万化的容颜

在苦涩的飞翔中

我不会因为孤寂而辗转

爸爸妈妈在教育我珍惜时间方面，步调一致、异口同声，周而复始地重复着"一寸光阴一寸金"的道理，我迫不得已地思索时间这个古怪的精灵，来无影去无踪、一不小心就匆匆，我是这么对待《时间》的：

哪怕失去我的永远

也决心把你阻拦

看一看你的青春

是不是也像爸爸的年轻那么短暂

我的年少

是不是也像你那么勇往直前

爸爸起初坚决反对这种写作方式，他认为这是歌词，甚至是打油诗。实事求是地说，我只会写歌词，不可能才高八斗，读起来感觉很舒服就万事大吉。妈妈对我随声附和，隔三差五鼓励我顺着这种阳光灿烂的感觉写下去，让我别理会爸爸的刁难和责难。妈妈甚至让我把我自己这种读起来顺风顺水的小诗配上图画。如今想来，写诗从写歌词开始还是很激动人心的事情，再配上一幅小图那真是增光添彩。

第二，模仿为主还是独创为主。

爸爸的观点是独创比模仿更重要。妈妈认为，12岁的孩子不可能有那么多创造，能模仿着写点东西就已经不可思议了，哪有那么多独创性的作品呀，只要不抄袭不就两全其美吗！妈妈为了给我的论点固本强基，一向对诗歌敬而远之的她居然也学起了之乎者也，她甚至找到了李白化用前人作品的直接证据，"长风破浪会有时，直挂云帆济沧海"这样的千古名句都是借鉴和模仿而来的；连《静夜思》居然都是从南北朝的民歌脱胎而来的。

可能由于自己没有太多的人生阅历与经历，自然做不到出口成章，我认为模仿才是创造的开始。我虽然无法理解爸爸《帕斯捷尔纳克的积雪》到底是什么意思，但是，在他不厌其烦地向我解释这首诗的前因后果、内涵外延之后，我能用自己的话语加以模仿，把它改造成为《积雪不是很深，我却奋不顾身》。为了寻找读起来很顺畅的感觉，我让妈妈带着我真的在2016年春天的积雪中足足走了一个多小时：

不是我缺少拯救

需要拯救风雪迷航的方向

北京的积雪不是很深

我是要从冷酷走向奋不顾身

我模仿唐诗宋词中的美好，我模仿毛主席诗词中的崇高。我从毛爷爷的诗赋里得到启发，更从习大大的中国梦里得到升华，结合自己的切身感受，写出自己的《中国梦是我开天辟地的坚持》：

世界不会一马平川

中国注定一马当先

中国梦是我开天辟地的坚持

永世也不愿从梦想的崇拜中抽身离去

我经常根据《诗经》的语句翻译，加工改造成为自己的词句。我模仿国外的十四行，也写自己的十四行，爸爸则认为我是"胡作非为"，因为欧美国家十四行诗有着自成体系的韵律和格律；我却不以为然，模仿的东西不可能十全十美，我写十四行诗的目的是为了短小精悍。

实在说，《诗经》等中国古诗词为我带来无穷无尽的写作模式，每当我在诗歌的谋篇布局甚至词语运用上山穷水尽的时候，我都会从中寻找灵感，总能让我取得意想不到的收获。

第三，真实为主还是虚构为主。

爸爸坚定认为，诗是情怀，是理想，是哲学之上灵魂的栖居之地，远离人间烟火，不应该通俗又世俗。诗歌要以想象和虚构为主。

12岁的我没有那么多天马行空的思维，我耳闻目睹的事物让我产生一定的真情实感。作为土生土长的北京人，妈妈对北京的风土人情、名胜古迹自然是如数家珍，她经常带着我在京城内早出晚归，很多事物和景物映入眼帘、植入心底。我的学校芳草地国际学校丽泽分校也时常组织我们开展红色之旅和丰富多彩的社会实践活动。北京的大街小巷、花草树木都让我深有感悟，北京的风霜雨雪让我心潮澎湃。《大千世界　大美北京》这一部分抒发的都是我对北京的崇拜、尊敬和热爱。当然也折射了爸爸对北京的某种感悟，他总是告诉我，自己是一个漂泊的异乡人，并没有完全融入北京的风情之中。我不由自主地在《七月的北京是雨城》中也发出一定的疑惑：一层层浓密的雨雾／多像我和北京之间的距离；在《我落定在北京的大千世界》里也自然流露出自己对拥有两个故乡的感慨：

　　总有一次他乡的断桥残雪

　　在我的人生轰轰烈烈

　　我手捧透亮的光焰

　　落定在北京的大千世界

经过长达两三年的"明争暗斗"，在妈妈的大力支援下，一贯刚愎自用的爸爸似乎认同了我对诗歌的态度：尽量阳光一点，尽力押韵一点，尽可能好懂一点。擅长舞文弄墨的他做出了这样的总结：一首诗就是一棵树，借助阳光的滋养，吸收世间容易让人窒息的二氧化碳，向人们释放出生生不息的氧气。

第三，父母鼓励我投奔未来的脚步要脚踏实地

我毕竟只有12岁，爸爸经常告诫我，只有"一步一个脚印、一程一道印痕"，成长的道路才能正大光明，未来的生活才能柳暗花明。妈妈的观点更加直截了当，学好文化知识才是通往未来康庄大道的基石，任何兴趣爱好也不能耽误正常的学校学习。我喜欢水墨丹青，画笔下的树木千姿百态，我由此写了一首小诗《脚踏实地》，以此来表明自己"一步一个脚印"的人生态度，这首诗与树有着千丝万缕的关系：

不论你从什么地方到来
你都是从树下走过的人
三米五米的里程碑
总也拉不远
两脚之间的距离

不论你从什么时候离开
你都是从土地上走过的人
七零八落的红色脚印
总也无法淹没
你和故乡之间的距离

我试图把握"诗意地栖居在大地之上"的意象，故乡是生命的起源，大地是生命的依托，树木则是人类的庇护。爸爸认为，我没有把树与人的关系表现得淋漓尽致，上下两节之间的逻辑也有点虚脱，他把"两脚之间的距离"修改为"两脚之间的年轮"，把"七零八落的红色脚印"修改为"七零八落的纪念碑"，情境别有洞天：树木的年轮如同人生的脚步充满奇异的密度和厚度。为了深化诗的主题，爸爸还在末尾增加这样的词句：

人这一生

都是从里程碑走向纪念碑

脚踏实地的人无惧无畏

爸爸告诉我，真正想要立志并且历练成为诗人的人，必然要思考生存与死亡、存在与虚无、时间与空间之间的关系，我带着出生至今最为复杂的情绪在心里掂量如此高深莫测的概念；从里程碑到纪念碑还是很好理解的，其间的距离感栩栩如生，从生存到消亡、从拥有到失去，我很难体验到实实在在的获得感。难道人世间的离合悲欢仅仅是对诗人的一种考验吗？他人就可以冷眼旁观吗？虽然疑惑依旧，但是，我突然对父亲过往诗歌中表现出的黑夜多于阳光、寒冷多于温暖、愤恨多于赞扬的状态多了一份理解。原来看起来坚如磐石的父母们其实也需要呵护。

如今，在爸妈的引导和指导下，在学校老师的教导下，初出茅庐、才疏学浅的我坚持认为新诗创作要把握四个方面：

一是表达出真情实感。生活中的风雨雷电、山川河流就是让人出口成章的事物。诗歌不能无病呻吟，要力求做到情景交融、情理相通。

二是读起来朗朗上口。诗原本就是用来朗诵的，用来歌唱的，读着都不知其可的诗文不能算是好诗。我今后也会这么一如既往写下去，力争读起来很解渴、很振奋、很顺畅。

三是写起来意味深长。简洁易懂并不意味着放弃对真理和道理的追求，目的是让哲理深入浅出；要把清新的阳光洒遍字里行间，要把高雅的情趣贯穿始终。

四是形式上返本开新。"返本"就是让新诗的语词搭配、意境描画回归远古的《诗经》，回归唐诗宋词；"开新"就是把现代文学、西方文学的新鲜血液注入到中国的新诗之中。

烟尘如诗、芳尘如画，我望尘莫及；父爱如诗、母爱如画，我倍加珍惜！

目录

壹 大千世界 大美北京 ...1

- 中国梦是我开天辟地的坚持 /4
- 我落定在北京的大千世界 /7
- 七月的北京是雨城 /10
- 我的二环没有防线 /13
- 圆明园是天地的一次暴力燃烧 /15

贰 一世千山 我待云开 ...17

- 时间 /20
- 千山云开 /23
- 积雪不是很深,我却奋不顾身 /26
- 坚强十四行 /29
- 我的向往 /31
- 勇敢 /34

叁 时光流转 我心惊叹 ...37

我就这样变成了秘密 / 39

流转的时光让我惊叹 / 42

轮回 / 46

期望 / 50

深海幽梦 / 53

肆 我有梦想 你来分享 ...55

雪海 / 58

让我走进光明的深渊 / 62

有梦想就会有分享 / 66

我坐在蓝天下 / 69

思念是根 / 72

我珍藏新鲜的生活 / 76

脚踏实地 / 80

卖火柴的小女孩 / 82

炊烟柳 / 86

壹 大千世界 大美北京

中国梦是我开天辟地的坚持
我落定在北京的大千世界
七月的北京是雨城
我的二环没有防线
圆明园是天地的一次暴力燃烧

世界不会一马平川
中国注定一马当先
中国梦是我开天辟地的坚持
永世也不愿从梦想的崇拜中抽身离去
　　——《中国梦是我开天辟地的坚持》

中国梦是我开天辟地的坚持

和风漫过几千年高贵的城池
吹向梦想的天顶
我在骄傲等待中国梦的指引
仿佛大地初开　光明澎湃
扬一把春风
我就能在北京的长街落地生根

那五星红旗下长久站立的仪式
就是我正在中国持续进化的方式
梦想呵护雨后的晴空
坚船利炮也不能把它洗劫一空
灿烂的中国是我开天辟地的坚持
永世也不会远离的天际

复兴的梦想从泥泞走向天荒地老
也许没有那么顺利
世界不会一马平川
中国注定一马当先
中国梦是我开天辟地的坚持
永世也不愿从梦想的崇拜中抽身离去

总有一次他乡的断桥残雪

在我的人生轰轰烈烈

我手捧透亮的光焰

落定在北京的大千世界

——《我落定在北京的大千世界》

我落定在北京的大千世界

世上的忍耐与放开
十多年弥漫我的时代金街
正如一片片尘埃
无风时静默　有风才张扬
起伏就随风
我落定在大千世界

我必须试着学会孤单
在我回归故乡的日子
还有那么多人要匆匆流浪
我站立村口　一如麦田的盛放
等着被季节收藏

爸爸带我出村　妈妈守我进城
城市的梦装饰我的金街
我刚在锣鼓巷入口左顾右盼
我的使者，就在马路边看见了天亮
在金街与故乡之间是我的大千世界

总有一次他乡的断桥残雪
在我的人生轰轰烈烈
我手捧透亮的光焰
落定在北京的大千世界

所有顺流而下的
都是北京的雨季
一层层浓密的雨雾
多像我和北京之间的距离
——《七月的北京是雨城》

七月的北京是雨城

我在乎北京的七月如火
更在乎从七月拉开的雨幕
我不在乎这一场场随波逐流
一次次汪洋流落街头
2012年的七月已经被下成传说
今年的七月就会流成大运河

长久以来,京城就充满雨的魔幻
北宋的夜雨呼啸至今
冲出了华北的沙土连绵
我仰望紫禁城之巅
这一滴洪大临江仙
那一滴雨打菩萨蛮

我在乎或者不在乎
雨就一直下

一雨下破天际
我漂流或者不漂流
雨都纠缠在云际
逆流而上的
不都是七月的归去

我开始怀念云的背影
开始祈祷阳光不再失忆
光华万丈　不见天蓝
所有顺流而下的
都是北京的雨季
一层层浓密的雨雾
多像我和北京之间的距离

我的二环没有防线

我停留在北京城南,守护梦的平原
从这里通向浪漫的街区
只有一条连接丽泽和陶然亭的二环
我崇拜二环,没有人会看见
我的二环没有焦点　也找不到支点
我习惯在上面来回周转
我的二环没有防线

每一年,紫禁城都会有雨把我淋透
淋透我没有防线的二环
还有广渠门的那一道凹陷
我在大钟寺祈祷
八大处就会阳光普照
城外有万里长城　没有缺陷
城内的各种门面错落有致
和北京反复折叠　没有遗憾
就算城外的风情让我流连忘返
我不会退守到永定河西岸
我要在二环构筑自己的防线

断石残楼　野草扑面
我试着寻找北京一度有过的童年
我不断地坐着　我缺少北京的抚摸
　　——《圆明园是天地的一次暴力燃烧》

圆明园是天地的一次暴力燃烧

雨果的愤怒我无力平息
到底是欧洲文明野蛮发育的结局
那两个时髦的强盗在罪恶上此消彼长
还把燃烧的园林文化据为己有

四号线的地铁把我带出城南
出口就在圆明园,我看到
盛夏的酷风把西洋楼吹垮
一半跌入英吉利海峡
另一半在法兰西凯旋门前高挂
断石残楼　野草扑面
我试着寻找北京一度有过的童年
我不断地坐着　我缺少北京的抚摸

如果不能带我离开
请用心把我放逐
放逐我去追逐一次更深的坠落

坠落到福海的水底
水草缠绕，荷花环绕
绕不完火光三千
水鸟冰蓝，蓝不过
我这一次对悲愤的望眼欲穿

天地负责熊熊燃烧
谁又负责向上帝报告
最初的几次轰响，他们一抢而光
随后的每一次倒掉
都让我在劫难逃，请赐我野马长刀
刺破欧亚大陆失火的焦土
天地是圆明园上个世纪的味道
圆明园是天地的一次暴力燃烧

岁月的烟火，为我祈祷
帝国的铁蹄
从我的脚下逃之夭夭

贰 一世千山 我待云开

时间
千山云开
积雪不是很深,我却奋不顾身
坚强十四行
我的向往
勇敢

哪怕失去我的永远
也决心把你阻拦
看一看你的青春
是不是也像爸爸的年轻那么短暂
我的年少
是不是也像你那么勇往直前
——《时间》

时间

我不认识时间
更不懂得时光荏苒
不知道你的姓名、年龄和籍贯
你从哪里来，行色这么匆匆
又要到哪里去，脸庞那么朦胧
是因为贫穷而无家可归吗
也许是因为逃命。末路狂奔

拼命想要端详你的长短高低
就这样跌跌撞撞到了今年
我已经长得很高
高到我无法把你呼吸
你已经走得很远
远到光年也不能把你丈量

我胆敢左手横刀,右脚立马
和你决战在狂野的天际
哪怕失去我的永远
也决心把你阻拦
看一看你的青春
是不是也像爸爸的年轻那么短暂
我的年少
是不是也像你那么勇往直前

千山云开

怕是阳光照不到年少的河畔
我为苍天守下了千山云开
在悠扬的风口　在透青的渡口
我有一种寂寞深处的感动
等着阳光来承受我今生的灿烂
点亮我尘世的斑斓
我为生命开怀　为命运释怀
为千山舒展满眼飘过的云开
我不会在风口　期许有人来收留
也不会在渡口　默许有人去放手

千山和我一起云开
释放长夜的无奈
风不会惊动我们的相拥
云，也会悄悄为我骄傲
又多一次天高
多一次荒凉之后的美好
在沉默放弃煎熬的下一个路口
我不会低头
我正在为千山释怀
为我满眼飘过的命运带去云开

不是我缺少拯救
需要拯救风雪迷航的方向

北京的积雪不是很深
我是要从冷酷走向奋不顾身
——《积雪不是很深,我却奋不顾身》

积雪不是很深,我却奋不顾身

我站立天涯左岸
黑洞其实并不遥远
我眼望,人世的红尘卷起风尘
漫天迟暮的寒冷
逼退北归的雁阵

在我冒雪前行的日子
无论走向何方
都注定,像雁阵一样南来北往
积雪不是很深
我却奋不顾身

城市都有两个端点
一端是春光烂漫
另一端,就是冷酷预言
护城河的冰面十分脆弱
不能把冰雪作为寒冷的因果

一端到另一端,风雪在纠缠
有人在穿越星际
就有人,在护城河畔铺上红毯
那里有上古的驿站
和我日夜相盼

我的前进与退让、光华与黑暗
如同火焰在河底沉淀
问世间,大道是否如青天
不是我缺少拯救
需要拯救风雪迷航的方向

北京的积雪不是很深
我是要从冷酷走向奋不顾身

坚强十四行

走在微风居住的长街
每当我心神空茫
坚定的山林、岩石和故乡的麦浪
带来似曾相识的芬芳
除了迁徙　每个人都生无所依
从一块山地到一座王的城池
除了分离　人世如同时间一样呼啸
拥抱其实是等待下一次迁徙
这里的夏天把我彻夜隔离
我带着零星烟火　保持最初的光亮
越是平淡的领地越是需要飘移
那里原野清丽　生有所依
拥抱和分离交替呼啸
岁月的沉寂变不成我的陈迹

有一天我将和星星一样
均匀地悬挂在苍茫的夜空
为太阳的升腾积聚丰厚的能量
让故乡已经消散的青烟
闪耀出清玄的光芒
———《我的向往》

我的向往

有一天我将和海浪一样
英勇地撞开冷漠的岩石
为海水开辟一条逃离风暴的大道
把海风受伤后的苦痛
用海沙来掩藏

有一天我将和星星一样
均匀地悬挂在苍茫的夜空
为太阳的升腾积聚丰厚的能量
把故乡已经消散的青烟
闪耀出清玄的光芒

有一天我将和雨水一样
安然地流淌在高山和峭壁
为森林的谷底清洗陈旧的足迹
把旷野的蛮荒之力
变得有张有弛

有一天我将和蓝天一样
挺起更加优秀的胸膛
为劳作的人们保留长久的理想
把大地的每一寸幸福
用温暖的智慧来滋养

假如我能够穿越天边的围栏
探索宇宙千变万化的容颜
在苦涩的飞翔中
我不会因为孤寂而辗转
　　　　　——《勇敢》

勇敢

假如我能够唤醒陡峭的雪山
滋润干涸的沙漠和黄土
在沉默的冰川中
我不会因为寒冷而震颤

假如我能够捕捉冷漠的闪电
照耀蚕食蓝天的雾霾
在浓密的乌云中
我不会因为抖动而目眩

假如我能够穿越天边的围栏
探索宇宙千变万化的容颜
在苦涩的飞翔中
我不会因为孤寂而辗转

我不愿躲避深不可测的苦难
我喜欢踏着薄雾走向宏伟的山巅
在此起彼伏的勇敢中
体验蛮荒时代开疆拓土的艰险

叁 时光流转 我心惊叹

我就这样变成了秘密
流转的时光让我惊叹
轮回
期望
深海幽梦

我就这样变成了秘密

我一直在寻找奇迹
期望生活不再有任何秘密：
清澈的灵光闪现
大海变得静寂
珍藏灵魂的天宇
每一刻都能够重新开启

我一直在寻找奇迹
期望生活不再有任何秘密：
狂沙中森林在伸展
蝴蝶花开满四季
大草原静静地守候地平线
回旋的山风在涌起

我一直在寻找奇迹
期望生活不再有任何秘密：
大自然就这么神奇
是暴风雨停止了叹息
并不是我获得了静谧
我就这样变成了秘密

流转的时光让我惊叹

时光流转　让我惊叹
光芒降临之前时常蔽而不显
冷漠的迷途
伤鸟一样盘旋
渐渐灰暗的风　四处爬行
很多年以来　光芒一直在追逐
同一种背叛
背叛狂风　背叛黑暗
这样的时光　这样流转

时光流转　让我惊叹
天光的孤寂
是为了岁月的舒缓
我们的飞翔　灯火辉煌

拥有翅膀的人
背叛时间　向往空间
同样会在天空中感到孤单
每一只高傲的飞鸟
不一定需要我们陪伴

时光流转　让我惊叹
黑暗与光芒是黑白在分明
很多的黑暗　不值得光芒去背叛
很多的黑夜
却需要黎明去怀念
这样流转的时光　让我惊叹

苍茫的宇宙一直在守候
看似结束的经典永久在轮回
我们一心想要飞往的方向
原来是重返古老的沧桑
我们一心想要停泊的地方
原来是迷恋旧日的模样
——《轮回》

轮回

睡夜中城堡已逐渐清醒
企盼的目光相逢在模糊的星辰
踏草而来的梦幻
沿着不朽的山坡连绵起伏
是微风又回到森林

冰雪越过山峰的沉默
迷雾缠绕的河流
渐渐在泛滥的洪水中消融
海空依然平坦
是潮水又归于深蓝

奔放的长亭烟火纷纷

乌云低沉我继续前行
暴雨之后的月色款款而来
我找到自己的立足之地
是灵魂又回归生命

苍茫的宇宙一直在守候
看似结束的经典永久在轮回
我们一心想要飞往的方向
原来是重返古老的沧桑
我们一心想要停泊的地方
原来是迷恋旧日的模样

我把人们的期望
叫作摇篮之乡
那里储藏着我的笑脸和歌声
我的真心在摇篮中茁壮成长
人们的歌声驻留在我的心房
——《期望》

期望

人们把我的笑脸
叫作希望之光
葱郁的眼神
在明亮的草原上延伸
我像一个春意盎然的风标
永不疲倦

人们把我的歌声
叫作富贵之花
在野草和麦穗之中
到处飘扬　永不停歇
我像一条蜿蜒的田间小道
伸向等待丰收的村庄

人们把我的真心
叫作幸福之家
搏动的胸膛光芒滔滔
在热气腾腾的大地上
每一次绚烂无比的脉跳
都充满松涛一样的遐想

我把人们的期望
叫作摇篮之乡
那里储藏着我的笑脸和歌声
我的真心在摇篮中茁壮成长
人们的歌声驻留在我的心房

时光流转 我心惊叹

星星也没有沉入海底
我把它们扩充到自己的眼底
我的目光才如此灿亮
我看到龙宫有美人鱼在游戏
也在海里发现陆地的很多奇迹
——《深海幽梦》

深海幽梦

深海藏着好多秘密
龙宫很堂皇。美人鱼在淘气
夜空也有无穷的奥秘
星星都沉入海底
我心头还有一片奇幻天地

幽雅的钟声在山谷回响
岸边的小木房　沐浴着沙的宽广
所有秘密指向这样一个问题
雨水在流落大海之前
是不是已经支离破碎

我为雨水寻找兄弟姐妹
梅雨来自南方　冰雨出自北方
最后都要大江东去

来自何方毫不重要
殊途同归才有力量

雨水在流落大海之前
没有支离破碎
小溪是它的兄弟
江河是它的姐妹
天地是我永远的依偎

星星也没有沉入海底
我把它们扩充到自己的眼底
我的目光才如此灿亮
我看到龙宫有美人鱼在游戏
也在海里发现陆地的很多奇迹

肆 我有梦想 你来分享

雪海 让我走进光明的深渊
有梦想就会有分享
我坐在蓝天下
思念是根
我珍藏新鲜的生活
脚踏实地
卖火柴的小女孩
炊烟柳

雪海

我在童年的绿波中走进雪海
这是远行人的世界没有尘埃
象牙一样圆润的雪
上下飞旋
我走到岸边　寻找冰蓝的火焰
雪把我带出季节
大地敞开
微风最初的馨香
颤动在玫瑰的心怀

我十几年都这么等待
玫瑰的雪海早已不再
圆润的庄园也变成碎片
曾经美妙的火焰
如今正带我越过林海
馨香又微寒的松风吹散月影
我也曾在这样的月下徘徊
让雪把我带出季节
让大地敞开

我必须在黄昏到来之前
让星星把我带走
或者让我沿着太阳的视线
走进光明的深渊
——《让我走进光明的深渊》

让我走进光明的深渊

我日夜守望的玉兰花瓣
在晨鸟的呼唤中让我睁开双眼
就像我的亲人从孤寂的黑暗里
为我点燃隐藏的烛光

我的眼泪在天地间回旋
婉转的心音因为黎明的到来
浮动在朝圣者的心灵
就是到了夜晚
我的光焰依旧深海一般悠远

我知道有一天我的旅途
不再把寒冷的月光作为游伴
在布满沙暴的险滩
我就是满载亮光的纸船
我必须在黄昏到来之前
让星星把我带走
或者让我沿着太阳的视线
走进光明的深渊

有梦想就会有分享

闭上双眼　月色阑珊
我有一个美丽新世界
星星不再闪烁之时
它会带我寻找一道自由之光
让亲人和朋友的梦想
得到降落和释放

睁开双眼
你就会有一个美丽新世界
天亮之后
用你的梦想迎接我的祝福

那动人的幸福之光
多像海底的火焰　朦胧又温暖

我给你世界　你给我美丽
有梦想　就会有分享
大地在等待风起
世界与松林竹海相依
风吹过我的乡愁
也吹过我们和世界的回眸与相守

我坐在朋友们之中
蓝天、花园和夜色抚摸我的双肩
抚摸四季的阴晴圆缺
从朋友们的心中
走来了爱的甜蜜
　　　　　——《我坐在蓝天下》

我坐在蓝天下

我坐在蓝天下
看着游云变幻成故乡的轮廓
看着飞翔的天鹰呼唤骄傲的同伴
从草原的怀抱里
走来了丰收的羊群

我坐在花园里
凝视着青苔上水的印痕
凝视着花枝孕育新生的春天
从花儿的笑意里
走来了大自然的气息

我坐在夜色里
聆听城外的月光亲临水面的声音
聆听小提琴和夜风的窃窃私语
从黎明的期待中
走来了清醒的大地

我坐在朋友们之中
蓝天、花园和夜色抚摸我的双肩
抚摸四季的阴晴圆缺
从朋友们的心中
走来了爱的甜蜜

思念是根

在那个山桃花开放的夜晚
月光仿佛母亲的嘴唇
慎重地把我含住
我想起爸爸远行拼搏的那一瞬
思念啊　是家的根

我一路飞奔来到一条小溪
溪水真诚地泛起微光
把我的身影拉到水底
我决定静坐下来
再好好地回忆一下自己
思念啊　是生命的根

我缓缓进入山林
拿出多年陪护左右的长笛

夜风伴奏　笛声拨动山的心弦
我想起静夜思的那个李白
我们拥有同样的明月和星辰
思念啊　是故乡的根

我抚摸着脚下的土地
用树枝写下炎黄子孙的名字
看着这些珍贵的字迹
我想起同胞们
一直辛勤永不叹息的精神
思念啊　是祖国的根

我珍藏新鲜的生活

我珍藏新鲜的梦境
夜空中静谧的落花悄然西去
隐隐徘徊的水音
就像真实的镜子一样无痕

我珍藏新鲜的光阴
映山红开满往昔的迷途
柠檬花火焰一般的倩影
在夕阳里留下婉转的梦想

我珍藏新鲜的友情
让悠远的密林充满朋友们的回音
我们绵密的渴望绕过村庄
悄悄驱赶相思河畔的乌云

我珍藏新鲜的生活
让落花流水谱出灵魂的乐章
人生的天色已经放晴
长街上脚步声声

不论你从什么地方到来
你都是从树下走过的人
三米五米的里程碑
总也拉不远
两脚之间的距离
　　　　——《脚踏实地》

脚踏实地

不论你从什么地方到来
你都是从树下走过的人
三米五米的里程碑
总也拉不远
两脚之间的距离

不论你从什么时候离开
你都是从土地上走过的人
七零八落的红色脚印
总也无法淹没
你和故乡之间的距离

"小妹妹啊。我们其实都是一阵烟
烟向往天空
就像我们向往天堂
烟不断追求天空
就像我们追求幸福和安详
烟不怕消散,小妹妹啊
你也别怕没有人与你相伴。"
——《卖火柴的小女孩》

卖火柴的小女孩

小妹妹　你走了以后
在那条平安夜的街道上
安徒生撕碎了上帝的童话故事
用火柴为你搭建了天堂
老奶奶赶走了冰雪和烤肉的香味
让它们无家可归　只能流浪
我为你燃起一根19世纪的火柴
发光　发热
散出暖暖的青烟

"小妹妹啊。我们其实都是一阵烟
烟向往天空
就像我们向往天堂
烟不断追求天空
就像我们追求幸福和安详
烟不怕消散,小妹妹啊
你也别怕没有人与你相伴。"

我看见雨光中的柳叶
拥住艳春 但不知道
能够借用谁的真诚
迎视多情的夏天
　　　——《炊烟柳》

炊烟柳

很久以来
就有一种在童年才生长的柳树
就有一种沾满乡愁的炊烟
如今　炊烟伴着浮云已经飘远
只剩下故乡的背影
与柳枝并肩而站
我回乡的那条山路
即使无雨的日子　也泥泞不堪

所有的故乡
在游子归来之时　是不是

都会泪流满面
所有的季节
在游子离去以后　是不是
都会翘首期盼
我看见雨光中的柳叶
拥住艳春　但不知道
能够借用谁的真诚
迎视多情的夏天

父女诗话

我的爱全部由你构成

王全志 著

北京燕山出版社
BEIJING YANSHAN PRESS

图书再版编目（CIP）数据

　　父女诗话. 我的爱全部由你构成/王全志著. — 北京：北京燕山出版社，2017.2
　　ISBN 978-7-5402-4402-6

　　Ⅰ. ①我… Ⅱ. ①王… Ⅲ. ①诗集—中国—当代 Ⅳ. ①I227

中国版本图书馆CIP数据核字(2017)第011086号

我的爱全部由你构成
WO DE AI QUANBU YOU NI GOUCHENG

作　　者	王全志
插　　图	王席知
责　　编	郭东梅　王梦楠
责任校对	甄　飞　杜　睿
封面设计	闻江文化
社　　址	北京市西城区陶然亭路53号（100054）
网　　站	http://www.bjyspress.com/
微　　博	http://weibo.com/u/2526206071
电　　话	01065240430
传　　真	01063587071
印　　刷	北京博海升彩色印刷有限公司
开　　本	880mm×1230mm　1/32
字　　数	54千字
印　　张	3.75
版　　次	2017年2月第1版
印　　次	2017年2月第1次印刷
定　　价	48.00元（全两册）
出版发行	北京燕山出版社 YSP BEIJING YANSHAN PRESS

版权所有　盗版必究

作者简介

王全志，男，44岁，笔名唐典，教育学博士，毕业于北京师范大学。有教育读物、专业著作、译作、微小说、短诗等作品问世。世俗但以诗人自居，感春风之怀，化秋雨为诗。月迷津渡，用诗去望断高城；雨滴阶前，用诗去狂歌豪饮。忍痛割舍野蛮的语言和狂野的思绪，坚持以清浅的文字表现阳光的心绪，奢求在推动现代诗的大众化、世俗化上发力。

诗集简介

诗集《我的爱全部由你构成》收录了中年诗人王全志近两年来创作的38首现代诗,是其在指导女儿写诗过程中豁然领悟之后的一次花放千树。《我的爱全部由你构成》是诗人对自己过往诗歌创作态度的彻底决裂,坚决摒弃了野蛮的语言、暴力的文字以及惨烈的思绪,力求通过平实的诉说、浅俗的文字以及阳光的心绪去歌颂、去赞扬、去灿烂。诗集主题鲜亮、内容鲜丽,鼓励人们在平淡的生活中去焕发活力,激励平凡的人们去产生幸福。

序
诗的光合作用

一首诗就是一棵树，借助阳光的滋养，吸收世间容易让人窒息的二氧化碳，向人们释放出生生不息的氧气。光合作用的原理我倒背如流，诗歌产生光合作用的道理，反倒是我十多岁的女儿用她那纯正的心灵和纯真的眼神给我带来的启示。诗人通常都活在自己萧条的情绪里，多愁善感和愤世嫉俗是他们标志性的生存状态。我一度也以诗人自居，把自己遥想并且幻化为湖畔诗人。我喜欢在思维上飞扬跋扈、在情绪上抑扬顿挫、在词语上纵横驰骋，我甚至认为这是在诗坛走向伟大的捷径。

辅导和指导女儿写诗的过程，是我自己心灵进化和灵魂净化的历程，其中隐藏着不计其数的动人瞬间，既有妙不可言的感悟，更有痛彻入骨的领悟。一个对物欲横流的大千世界没有任何私心杂念的小姑娘，热情是那么汹涌，感情是那么真挚，心情是那么别致，所见一望无际，所言一针见血，所思一马平川。六年来，我们相得益彰，她的文字素养突飞猛进，同时我也受益匪浅，我的诗歌写作方式拨云见日，心路历练脱胎换骨，其间我在写作上大致先后经历了四种情绪状态。

一、我在寒光笼罩的密林里充满幽怨

我是九十年代不折不扣的"北漂",扎根北京既令人春秋神往,也让我寒暑神伤。离乡就像归乡一样,美好又空茫。我来自河南一个冷峻的小山沟,那里的陌上山边落满我的乡愁,乡愁也撒满我在北京行走过的大街小巷。要拼到精疲力竭、要闯出高天流云几乎覆盖了我离乡之后的所有生计。

我很早就有一个自私自利的想法,把自己年轻时由于谋生奔波而湮灭的理想借助孩子的手眼加以实现,希望她今后成为一名流光溢彩的诗人。我压迫女儿读书、思考和写作由来已久,把唐诗宋词和《诗经》作为启蒙读物,甚至让她阅读《20世纪西方诗选》,从她6岁开始让她尝试写日记、写小诗,更是把自己的很多诗歌让她阅读、背诵和模仿,她虽然有些闷闷不乐,却依然持之以恒。我的作品格调基本类似于《等待童话》(发表于1996年《中华工商时报》,笔名唐典):

水光游移到深梦的河边
在睡丛中隐去
倘若在空山　在酒夜
在潮润的传说中
有牧羊人的炊烟
向我颤动
那个清瘦的天堂
就会提前来到
终生只与黑鸟相怜
最初的羽毛覆压着笑纹
我想起野魂的说法
并且希望一条条紫斑
延展到多年以后
首先啊　是一些数字

然后是地图

我时常在引以自豪的《雨夜》中辗转反侧：

似乎是有人在消遣寂寞

这人根本不像是我

黑夜是无辜的，无辜到不想开口

还有溅到我身上的雨

雨是一种虔诚的祭品

像是永久的寂寞，供黄土消遣

我无法和睡眠保持动态平衡

顺着他们夜游的那条路　来回走

一直走到自己一醉方休

既出乎意料，也在情理之中，她回复我最多的不是拍手称赞，而是疑惑丛生，她倔强地认为我的作品有三大缺陷：一是充满忧郁和黑暗，很不阳光；二是充满晦涩和朦胧，很不好懂；三是通篇自以为是，很不积极。女儿三番五次地告诉我，李白的《静夜思》《将进酒》，杜甫的《茅屋为秋风所破歌》多么通俗易懂，却是脍炙人口的千古名篇。我不以为然，认为年幼的她根本不知天高地厚，不懂满腹经纶，我依然幽闭在多愁善感的葬花世界。

二、我在月光朦胧的夜色里充满期待

在工作中你争我夺、在生存中出人头地、在写作上绞尽脑汁，让我长期陷入愤恨和愁苦，我似乎早已适应这种不良情绪，没有察觉日渐严重的睡眠障碍导致身体健康每况愈下。我依然按部就班向她灌输自己的理念，谁知她却另辟蹊径，没有推崇我所顶礼膜拜的那种"苦大仇深"的诗歌模式，不是模仿"大江东去"，就是模拟"面朝大海"。她在四年级时写下的《有梦想就会有分享》，当时让人耳目一新，我多少也受到一些触动：

我给你世界　你给我美丽

有梦想　就会有分享

大地在等待风起

世界与松林竹海相依

风吹过我的乡愁

也吹过我们和世界的回眸与相守

　　起初我根本不屑一顾，坚决反对这种诗歌写作方式，我认为这是歌词，甚至是打油诗、口水诗，根本不是神圣高雅的诗歌。她则向我反复强调一个事实，她只会写歌词，不可能完成什么鸿篇巨制，只要读起来很舒服就心满意足了。我坚定认为，诗是情怀，是理想，是哲学之上灵魂的栖居之地，怎么可能如此通俗又世俗呢？诗本来就应该远离人间烟火。我继续一味搜肠刮肚，寻找不同寻常的意象、狂野不羁的词语搭配、不断错位的生活场景，依然没有对自己的写作状态加以质疑。

　　越是偶然越是真实。一个偶然的机会，女儿居然改造了我的《帕斯捷尔纳克的积雪》，她扔掉了自己一无所知的"帕斯捷尔纳克"，留下了"积雪"，写出了《积雪不是很深，我却奋不顾身》，这确实让我十分震惊。我的那首《积雪》原本让我欣喜若狂：

我穿过房后的常青林　踏着积雪

看到你的诗歌那样单薄

甚至缺少御寒的长衫

听到你的歌唱那样雪白

人间的积雪太深，我的诗人

　　可是女儿依然认为，这样的诗容易让人压抑，读起来不舒服，让我在格调上再阳光灿烂一些。我反复诵读她的那首歌词一样的《积雪》，健康向上、催人奋进：

不是我缺少拯救

需要拯救风雪迷航的方向

北京的积雪不是很深

我是要从冷酷走向奋不顾身

我为此沉思良久,也许一个10岁出头的孩子不可能"为赋新词强说愁",心里只有春暖花开;也许她对诗歌的本能反应千真万确,诗歌就应当去赞美、去激扬、去勇敢;也许是我自己走向了一条误入歧途的人生路径和诗歌道路,为情所困、为愁所累、为诗所苦,时光都流逝了,我真的还是原地未动。

三、我在星光闪烁的天空下充满渴望

意识是行动的先导。一向不喜欢甘拜下风的我似乎开始了残酷的自我否定,重新思考生存的价值和诗歌的本质。我总是不问青红皂白让女儿读《诗经》,其实自己更应当融会贯通。"诗三百,一言以蔽之,曰思无邪。"《诗经》最终的归宿是让人思想纯正、心灵净化。如果人心的每一个念头都没有被私欲邪念所占据,他自然就会行善去恶,他的人生都是被赞美的行为,诗歌就是要表现这种光明磊落。所以,诗能正心。"心之忧矣,如匪浣衣。静言思之,不能奋飞。"就是说心中的幽怨抹不掉,好像脏衣裳没有得到清洗;静心思考,想飞却没有会飞的翅膀。我豁然,女儿说得很对,难怪她听、读我的诗总是心不在焉;苦闷的人让他人压抑,苦闷的文字必然带着他人的思绪一起失魂落魄甚至流落街头。席慕蓉在其经典诗作《一棵开花的树》中似乎也有着一颗感伤的心,但这是一颗伤而不悲的心,一颗动容的少女之心,等待有缘人去呵护,永远散发芬芳:

而当你终于无视地走过

在你身后落了一地的

朋友啊

那不是花瓣

是我凋零的心

我再次捧起爱不释手的克尔凯郭尔、荷尔德林、庞德、艾略特、博尔赫斯,发现自己根本无法享受他们与人类同命运的神性光辉,无力驾驭他们与天地共呼吸的理性思维。厚德载物的中国传统文化才是我生命的源泉,龙章凤姿的唐诗宋词才是我思绪的依托。

我一定要转变诗风,先洗心,再正心,最后才用心,用好自己的心去书写属于自己的诗。这是我国第一部诗歌总集为我带来的崇高启迪,更是我女儿歌词一样的小诗给我带来的巨大启发。诗是心灵停靠的港湾,我不由自主地写下了与自己过往诗风截然不同的《湾是心世界》:

多么随缘的一次遇见
往往过后
变成一种杨柳依依的无言
我深藏这种静寂,雨一样纯粹
梦一般让我珍惜
奇异的光充满平展的心田
我的人生更加矫健

四、我在阳光灿烂的春天里充满朝气

毫不夸张,是我女儿的歌词小诗转变了我的存在状态,改善了我日趋恐慌的睡眠状态,扭转了我快要病入膏肓的抑郁状态。我不假思索地把过往那些所谓通向诗歌殿堂的辛辣诗、酸楚诗、苦情诗付之一炬,把那些看起来注定要向诗神缪斯致敬的圣诗一弃了之。生存、生计和生活终究会充满生机,浮华与繁华的结局应当充满光华。先谋生,再谋诗;先谋心,再谋爱。用女儿的话说,诗要励志一些、阳光一些、爽朗一些、温暖一些。

为了励志,我写下了《人海相惜》:
有心相遇的开始

往往是无力抗拒的结局

你在人海的对岸等我晴朗

我从人间的底边向上生长

为了阳光,我写下了《我正在酝酿第二天的太阳》:

也许我的颜色还会变幻

再过上几百年

我还能在红润的土地上呐喊

用不着制造假象

我正在用自己的颜色

酝酿第二天的太阳

为了爽朗,我写下了《那都一样》:

但愿我也像你一般

有时红得娇艳　有时低吟婉转

在大地之间如此坦荡

在水火之中如此激扬

那都一样。正是由于

你的爽朗或者忧伤

我不会躲进僻静的教堂

为了温暖,我写下了《我放飞故乡的因果》:

永恒的沉默是大地的温婉

天地的方寸

也都是北京往事和我的一次交错

我轻轻放飞故乡的因果

向日葵就点亮北京整个冬天的灯火

　　我是一个苦口婆心的人,总是顺理成章地为女儿讲解人生的大道理,比如人生有三大关口:飘忽不定的风口、依依惜别的渡口和纵横交错的路口。我说我就是从村边的路口出发,历经无数个渡口,始终准备迎接人生的下一个风口。她居然能把我的这种认识融入到她的山水诗《千山云开》之中，确实让我受到前所未有的震撼。我甚至模仿《千山云开》，把《等待童话》改造成为《穿越生命的丛林》：

直立行走的我们不要逃脱陷阱
要拼到筋疲力尽，闪电的侵袭
只会让人更加顶天立地
在林端张望的飞鸟
从布满荆棘的火焰中获取荣耀
命运注定是树叶做成的书本
我们就是年轮做成的标本
终生像飞鸟一样适者生存

我也逐渐认同女儿关于文字模仿的想法，历史长河中的很多诗章甚至是一些名篇，也都在化用、模仿与借鉴之间徘徊。艾略特说过，未成熟的诗人模仿，成熟的诗人剽窃。诺贝尔级别的智利诗人聂鲁达久负盛名的《大地上的居所》似乎与泰戈尔《园丁集》的某些诗章达到惊人的一致。人们都习以为常地认为，大师的作品即使相似，那是"英雄所见略同"，只有靠文字养家糊口的众生才存在抄袭。

一言以蔽之，我辅导和指导女儿写诗的过程，产生了一次光合作用。诗歌带给人们的应当是清新的氧气，而不能是窒息的二氧化碳；诗歌表现的应当是人们在深沉的土地上追逐梦想的情怀，而不是个人悲苦失意之后的情绪宣泄。我把女儿带上了一条布满荆棘却充满荣耀的道路，她为我带来了一片感天动地的光芒；我给予了她目前无从历练的思绪，她拯救了我当下日渐萧条的情绪。

普天之下所有的父母都在为自己的孩子开发一个五彩缤纷的起点、一个楚楚动人的平台，并且带着他们进行一次跨山越海的迁徙。我坚定自己的这种信念，一往无前！

序诗：我的爱全部由你构成 /1

壹
风雨兼程 梦想成真
...3

中国梦之风雨兼程 /6
中国梦之花开两岸 /9
穿越生命的丛林 /11
我正在酝酿第二天的太阳 /14
我是一种雨过天晴的力量 /16

贰
缘起缘灭 人生相悦
...19

花开两岸之雨过陶然 /21
我的青春比夜色珍贵 /24
你看，我始终知道 /26
爱的迁徙 /28
人海相惜 /30
那都一样 /32
我的爱情全部由你来构成 /36

我们一起体味广大生活 /38

你是我的秋日传奇 /42

时空之恋（一）/46

时空之恋（二）/48

你的折磨里有诗 /50

初见不如相恋 /52

叁 树有菩提 云有分寸 ...55

我放飞故乡的因果 /58

湾是心世界 /60

请赐我一树的菩提 /64

天人合一 云有分寸 /66

脚踏实地 /67

恒大举起中国的火把 /68

星光救援 /70

此地可待成追忆 /73

四十以后才明白 /75

雨夜 /77

素颜北京 2016 /80

肆 芳尘凌波 横飘高空 ...81

芳尘凌波李清照 /84

柳雨霖铃 /86

志摩的天火 /87

横飘高空——献给弥尔顿 /90

我们都是时间的俘虏——献给帕斯捷尔纳克 /95

诗在天涯，以梦为马——写给海子 /98

你的画作故弄玄虚——写给顾城 /100

你不该用小说去写诗——写给戈麦 /101

诗人们的诗 /103

— 序 诗 —
我的爱全部由你构成

你的生活要用词语去感化
我有慈爱,比词语高一个台阶
我和你妈妈就能担当你的过去
你只有一次过去,有很多次未来

我是浓雾之后的千山
爱是千山写给你的一首古诗
故乡才是野火烧不尽的诗人
我和你落定在北京的清晨和黄昏

我的爱是你用来珍藏世界的驿站
你是花开,不会为了赞扬而生长
我像落叶,不会因为责难扬长而去
你辽阔。一点也不会闲散

我的人生婉转,是对你的赞叹
你的空间,完整地构成了我的时间
我打开时间之门
看到你的所有空间

壹 风雨兼程　梦想成真

中国梦之风雨兼程
中国梦之花开两岸
穿越生命的丛林
我正在酝酿第二天的太阳
我是一种雨过天晴的力量

神舟飞船满载实干兴邦的勇敢
点亮天上的街灯,星河璀璨
在披荆斩棘的守望里
长夜不再难明,清越度过长空
中华民族伟大复兴之路风雨兼程
——《中国梦之风雨兼程》

中国梦之风雨兼程

从井冈山到延安,到壮阔的抗战
中国的星星之火可以燎原
毛主席用沁园春指点江山
那庄严刻骨的梦。金戈铁马
从银装素裹铺展到山花烂漫

带着几代人的夙愿,梦想搜尽千峰
采集不屈的火种,播撒在广袤土地
治国理政的崭新史诗
孕育着铿锵国体。那坚决的传承
就是生生不息的中国梦

九州华夏筑起神来之笔
中国梦的根基通天透地
几百年长青的梦，驱山走海
在世界的苍茫中留住中国的清澈
在清澈中注入中华文明自信的伟业

神舟飞船满载实干兴邦的勇敢
点亮天上的街灯，星河璀璨
在披荆斩棘的守望里
长夜不再难明，清越度过长空
中华民族伟大复兴之路风雨兼程

今天就把阿里山的乡愁
酿成中秋的米酒、高粱酒和相思酒
酿成一种无语凝噎的花开
再不用你在那头我在这头
我们永远都开在中国梦的这一头
　　　　——《中国梦之花开两岸》

中国梦之花开两岸

一湾浅浅的海峡　那么远
相距六十多年
这么近　划一叶小船就能靠岸
乡愁是你和我执手相看泪眼
离愁是我对你望眼欲穿

中国梦是我们雄厚深沉的根
是宝岛历久弥香的魂
是离愁对乡愁的深深一吻
鼓浪屿的天蓝延展到日月潭的水边
不要此去经年　更不必等到海枯石烂

今天就把阿里山的乡愁
酿成中秋的米酒、高粱酒和相思酒
酿成一种无语凝噎的花开

再不用你在那头我在这头
我们永远都开在中国梦的这一头

福州与高雄两个隔断的半屏山
连成共和国的一屏山
再不要一半在大陆、一半在台湾
五十六个民族开成一枝花
一片人海　一片花海
一片海峡雾散开

中国梦就这样驱散惊涛骇浪
就这样唤你归来　载你回家
中国梦是开满鲜花的团圆梦
今天漂洋过海　明天花开两岸
开遍万水千山
开遍所有华人的梦境和心田

穿越生命的丛林

生命是一片幽密的丛林
风雨纵横　山重水复
直立行走的我们不要逃脱陷阱
要拼到筋疲力尽，闪电的侵袭
只会让人更加顶天立地
在林端张望的飞鸟
从布满荆棘的火焰中获取荣耀
命运注定是树叶做成的书本
我们就是年轮做成的标本
终生像飞鸟一样适者生存

我们首先用数字
去探索丛林的泥沼
然后用地图去诉说自己的骄傲
我们用本能去耕耘大地
把猛兽、洪流和顽固的丛林法则
当成战利品去传承
把弱肉强食当作行走的权杖
我们用穿越获取的诗章，跨过溪流
放飞的思绪在闪烁，伸向远方

也许我的颜色还会变幻
再过上几百年
我还能在红润的土地上呐喊
用不着制造假象
我正在用自己的颜色
酝酿第二天的太阳
——《我正在酝酿第二天的太阳》

我正在酝酿第二天的太阳

　　　　我歌颂象征主义的文采
　　　　每一种生物或者事物都能相互表白
　　　　南北象征无悔　东西表示无限
　　　　达尔文在树下发出认真的声音
　　　　我不是来自另一个星系
　　　　我象征东方泛白
　　　　和自己的地平线触手可及
　　　　不会相差几个世纪

　　　　起初我是一粒松果
　　　　在物种起源的文字中生长
　　　　后来我是一种精神

如同麦穗象征故乡的守望
我象征这片土地上空的晨曦
红得深沉
也许我的颜色还会变幻
再过上几百年
我还能在红润的土地上呐喊
用不着制造假象
我正在用自己的颜色
酝酿第二天的太阳

我是一种雨过天晴的力量

热火是生活的本质
阳光是自发的,火是被创造的物种
没有创造,社会陷入冰冷
我燃烧脑细胞的方式
如同大地燃烧阴暗的荆棘
不是为了躲避。是要烧得彻底

社会是人与人关于火的关联
六度空间里,抱团取暖
没有关联,我们就会提前冬眠
而有了关联　如果失去精确的造型
依然会徘徊在人群的边缘
这是一场无法退出的火炬传递

我的模型一直缺乏精确的设计
只能不断变换空间,停止虚假
不断按照新规则,重塑自己的比例
诗本来就是关于火的游戏
燃烧激情,又不能烧坏大脑
烧毁苦难,还要让太阳照样升起

生活没有诗,就失去爱的天梯
深沉的泪、忧郁的光就失去痕迹
再一次在寒夜亲吻大地
再一次,我害怕勾起模糊的伤感
不必恐慌。我而今是一道诗化的红光
一种雨过天晴的力量

风雨兼程 梦想成真

贰 缘起缘灭 人生相悦

花开两岸之雨过陶然
我的青春比夜色珍贵
你看,我始终知道
爱的迁徙
人海相惜
那都一样
我的爱情全部由你来构成
我们一起体味广大生活
你是我的秋日传奇
时空之恋(一)
时空之恋(二)
你的折磨里有诗
初见不如相恋

在雨光深锁的湖畔
今生的相见珍藏前世的沧桑
来生的期盼　守候另外一种芬芳
我的爱，像朝圣的晚风一样绽放
　　　　　——《花开两岸之雨过陶然》

花开两岸之雨过陶然

昨夜花街满城　雨荷缤纷
流展在陶然西岸
今夜你走过风影长亭
如练的月华带来我的人间

在雨光深锁的湖畔
今生的相见珍藏前世的沧桑
来生的期盼　守候另外一种芬芳
我的爱，像朝圣的晚风一样绽放

每一次雨过河源　望尽长海千帆
玫瑰山的回声，穿越郊外的田野
从那里到陶然　从陶然到西岸
每一刹那都是我徘徊在城南的人间

你登临陶然　柳叶亭台若隐若现
夜雨擦肩，我的地平线泛起微澜
守望放晴后的点点星辉
从陶然开始　阳光让思念慢慢流传

你离开陶然　滨河收留我的呼唤
望断我进退两难的从前
天亮以后　你每一世的今夜
我都会在陶然花开两岸

我的青春比夜色珍贵

我的青春也很繁华,像流沙
流淌在繁华后的旷野
那些年 我只差一个淋漓的黄昏
就能让你的旷野四季分明

你在永定河岸扬起明月芦花
沐浴你的夜色,是一种圣洁
但我的青春比夜色还珍贵
珍贵的是你的余生也一身光辉

青春是你给我的夜雨寄北
我给你的那些在水一方
汇成了多年后的曾经沧海
如今陌上又花开,旷野已不再

我习惯你的夜色。点一星烛光
用心看你微微的笑

轻轻地拥着，你的心浅浅地跳
向你倾诉，主要是倾听你的好

我起初是快乐的　你后来就哭了
我们的聚散重复千年的因果
缘起缘灭都是圆满的暮雪
我和自己的十七岁擦肩而过

我怀念旷野、星空和无边的夜风
我的光芒在那里完成
你祝福我的新生
我照亮你的余生

灯火又黄昏。我还是林外的远山
你却不再是山外的微云
我的青春比夜色珍贵
珍贵的是你的余生也一身光辉

你看,我始终知道

我有一种呼吸　宏大而湿润
每次到了凉凉的秋季
天地涉水而来
这种呼吸也变得稠密
你看　我始终知道
这些南来北往的秋色
正在举起明亮的下午
举起我向你缓缓流过的张望

我有一种灿烂　逆风招展
在宏伟的阳光中相去甚远

拒马河畔的黄叶
铺满你我相遇的瞬间
你的容光沿着秋冬时节的分界线
填满我路过十渡的千回百转
你看　我始终知道
你的目光是那宏伟的光亮
离冬天越近　我越是灯火阑珊
而我的呼吸
越是需要你的灿烂去找回尊严

缘起缘灭　人生相惜

爱的迁徙

铃兰花一样的光阴在夜间冥想
你浩荡的生命丝丝透亮
凌厉的季节浓酒一般悠长
我指尖的琴音闪烁你的刚强
白石桥下翩翩起舞的莲叶
好像英俊的月色在怒放
你向我伸出手掌
在你手中我是年轻的主张
酝酿着夜色等待阳光的方向

你的双眼照亮我的足迹
仿佛金色的海沙
流淌在一条有水的街道

光滑的水面让我感到
北方的好天气，再也不会孤寂

爱的迁徙不是由东向西
也不是拥抱清醒以后的晨曦
我平庸的光明不会被你扑灭
火热的爱情喧哗
我们都能伸手去抓

人海相惜

我眼望飘到一半的花落
仿佛时光的存在和离开
悬在优雅的空中　舍不得散去清香
梦想的烟尘把我举起又放下

不规则的时光让我有些彷徨
我保持良好的双眼往回走
走向童年的山谷和稻田
走向自己选择流浪的那个夜晚

远离不可预知的伤感
或者拥抱久违的炊烟
做一片居有定所的枫叶
我在森林的边缘风干和蜕变

我的人海飞鸟澎湃
潮起时落花淹没我的呼吸
潮落时听不见我的叹息
留下我和天地生死相许

有心相遇的开始
往往是无力抗拒的结局
你在人海的对岸等我晴朗
我从人间的底边向上生长

那都一样

如果天色晦暗
阳光不能绽放
你不要躲进僻静的教堂
那都一样。当你把幽林中
迷失方向的灵魂
带上崎岖的山径
在广漠的大地之上
你就能够破土而出

如果街道沾满污泥
狂妄的雨滴到处侵袭
你不要躲进僻静的教堂
那都一样。当你把城堡中
摇荡不定的心灵
带进宽阔的洞门
在广漠的大地之上
你就能够根深叶茂

漫长的时光深沉又耀眼
仰望天空的树叶　也许被修剪
无论你走向烈火
还是落入大海
那都一样。你的所到之处
充满爱的力量
你不要躲进僻静的教堂

但愿我也像你一般
有时红得娇艳　有时低吟婉转
在大地之间如此坦荡
在水火之中如此激扬
那都一样。正是由于
你的爽朗或者忧伤
我不会躲进僻静的教堂

你是我前世唯一高贵的山峰
今生倒映在我语言的湖面上
如果来生还能再相逢
我的爱情还是全部由你来构成
　　——《我的爱情全部由你来构成》

我的爱情全部由你来构成

我在坦荡的湖畔守望赞美你的语言
把它们写在千年松柏的树叶上
再给我一个凛冽的冬季去历练
折成船　贴满树林和水面
这样的语言才能彰显你的不凡

生活不是每天都有赞美诗
生活却每天都要用心去歌颂
从22路坐到紫竹院地铁口是生活
爱情是我陪你排长长的队
在地铁口看人来人往喝咖啡
在翡翠城买下小木屋看湖水
生活主要由我的爱情构成
我的世界等你来歌颂

你是我前世唯一高贵的山峰
今生倒映在我语言的湖面上
如果来生还能再相逢
我的爱情还是全部由你来构成

我们一起到雍和宫请求忠告
一起对望、疗伤，喝下午茶
一起在北京买高大的楼房
一起呼吸带有浓味的空气
——《我们一起体味广大生活》

我们一起体味广大生活

我背诵《诗经》 思考古希腊哲学
因为要饱览人生我背井离乡
在雄浑的路途上
季节像河流一样时深时浅
沿岸的生机广大无边
丰收、离愁或者荒芜都很安详
山川也有生有灭
我忍受风云变幻的痛苦直到遇见你
直到产生幸福
人群和楼群有点让人恐惧
我拾起一道新鲜的闪电。为你
把恐惧劈开并在夜影下掩埋

我们一起到雍和宫请求忠告
一起对望、疗伤，喝下午茶
一起在北京买高大的楼房
一起呼吸带有浓味的空气
毕竟要在拥挤的地方安家和生息
我知道　这不是一种修辞练习
我和你正在试探广大生活的边际

我心头那些直的弯的往昔
也具备了善恶的价值
你是我酣畅又端庄的秋日传奇
——《你是我的秋日传奇》

你是我的秋日传奇

秋天这几年有杂质　有颗粒物
有一目了然的浑浊和昏暗
树的深红　叶的玄黄
依然在隔开残暴的夏季
纷扬的花在我的旅途颠沛流离
随时准备迎接冰雨的洗礼

我就是这样挣扎的秋天
不纯熟更不纯粹
心里还有杂质，和浮尘挤在一起
我的骄傲像夏天的脉搏在跳荡
我粗暴地对待我的燥热
吝啬地消磨我即将到来的冷清

你用树枝和泥土筑造秋天的围篱
苇丛中的风从篱笆上擦掉陈迹
你反复清除我的心灵杂质
清洗我浑身的黑色颗粒
飘零的花又有了花期
我珍惜大自然的深情，珍惜你

我心头那些直的弯的往昔
也具备了善恶的价值
你是我酣畅又端庄的秋日传奇

你去告别春日的余晖
我拥抱一点也不紧张的夏天
这一年的秋天层云万里
我看到南下的千山暮雪
由近及远,消逝在车水马龙之间
　　　　　　——《时空之恋(一)》

时空之恋（一）

我不在二环恋爱，没有浪费
滨河沿岸的一寸土
没有在三环买房
到潮白河一带去仰望
那是一种仁义的灵感
关键是浪漫。日落也不心慌
我不想修炼成智者
一座现代城市的智慧
往往都胜过它的仁慈

我过去爱你的坚强。理想至上
现在爱你的善良
你爱一个潦倒的诗人
和他华丽的乡村词语
却不是为了在智慧上得到补偿
你去告别春日的余晖
我拥抱一点也不紧张的夏天
这一年的秋天层云万里
我看到南下的千山暮雪
由近及远，消逝在车水马龙之间

时空之恋（二）

我就像时间，把你的芳华
向后延展。你是我多姿的空间
是山川在浓霾之后
闪现的中国蓝，天朗气清
忧郁的那种蓝，温和又安然
蓝成一片平坦的台湾海峡

我们，七月恩泽里长大的孩子
不能总是春泥里寻诗
繁茂的祖国十月是我们
超越时空的恋人，天地滂沱而过

东海绵延不绝
亲吻台北在岸边的立足之地

那里的时间,是北京时间在跳动
更是我们的脉搏在奔腾
那片空间
才是我们的爱恋穿越时空的见证

你的折磨里有诗

你的眼眸里有诗
看着我　我无处可逃
只能绕在你的身边
说明爱很重要

你的折磨里有诗
清除我的心理障碍
逼我交出灵魂的秘籍
不让我的心灵太拥挤

你是诗做的项链
把你挂在胸前
不是炫耀
是要把我的心底照耀

你用眼睛折磨我
不论隔几个街区
我都不会闪躲
项链把你的折磨四处闪烁

初见不如相恋

人生不只是初见,那么简短
相知后的眷恋　长久灿烂
流云毫无遮蔽,天空才湛蓝
朦胧的昙花一现
是蛮荒的土地藏着丁香
辉煌的景象,如此陌生
在林间,在风里,在你身边
我是一捧你喝不完的山泉

我们的寓言也发生在
街角的咖啡店,看风落阶前
看你动容　出现
初见是乞力马扎罗的雪
生于高空。缥缈却招摇人的想念

而相恋，是脚下的大自然
我走遍你的栖息之地
汇聚日出月落的旋律

那也是山抹微云在律动
与其沉溺于你的初见
不如和你平凡相恋，环顾四周
枝上的柳绵落满我的双肩
仿佛是你轻抚我的从前
我从山岩眺望原野，看到你
没有当初的光环
却更加耀眼
初见不如相恋

叁 树有菩提 云有分寸

我放飞故乡的因果
湾是心世界
请赐我一树的菩提
天人合一 云有分寸
脚踏实地
恒大举起中国的火把
星光救援
此地可待成追忆
四十以后才明白
雨夜
素颜北京

永恒的沉默是大地的温婉
天地的方寸
也都是北京往事和我的一次交错
我轻轻放飞故乡的因果
向日葵就点亮北京整个冬天的灯火
　　　　　　——《我放飞故乡的因果》

我放飞故乡的因果

冰蓝的天幕　回归异乡
北京的雪就敞开我童年的渴望
仿佛故乡珍藏的向日葵迎风飞扬
带来远离这个季节的一片金黄
永恒的沉默是大地的温婉
天地的方寸
也都是北京往事和我的一次交错
我轻轻放飞故乡的因果
向日葵就点亮北京整个冬天的灯火

北京有多宽
我的故乡就有多斑斓
我就像是一座车站
时间是我不曾谋面的过客
城内城外的天空
在我的站台相互流传
我轻轻放飞故乡的因果
向日葵就点亮北京整个冬天的灯火

湾是心世界

往往走后　都要回头
掂量一下过往的崎岖与笔直
湾是心世界
人生是前往下一个港湾
或是某个莫名的街口
像海湾一样清凉又清新
我怀念被风流放的那朵闲云
曾经路过我的心头
往往醉后　化成新鲜的雨滴
这就是心世界

多么随缘的一次遇见
往往过后
变成一种杨柳依依的无言
我深藏这种静寂,雨一样纯粹
梦一般让我珍惜
奇异的光充满平展的心田
我的人生更加矫健

请赐我一树的拥抱
我也要在树下打坐、仰望和悟道
不要穿越菩萨顶的城池
不要随意发光或者任意流浪
　　　——《请赐我一树的菩提》

请赐我一树的菩提

最初的一次登临　由南上北
听不到香火灿烂之后心的轰鸣
飘扬在台阶上的祷告
带着我的前世今生沿街呼啸
请赐我一树的拥抱
我也要在树下打坐、仰望和悟道
不要穿越菩萨顶的城池
不要随意发光或者任意流浪
我把菩提树一棵棵种在身上
首先用一滴水洒向虔诚的土地
然后像五台山一样慈眉善目
山水相连，流浪的人群相互感应
我不会把自己体面地
当成一种仪式，甚至是
随便就去忏悔的一种心情

人间的聚散有多远
天人合一的梦境就有多璀璨
完满的一生来自原野
来自树的生长，生命近在云前
我们的甘泉流遍大地
遥远的星际也变得更加新鲜
　　　——《天人合一 云有分寸》

天人合一 云有分寸

山门的古朴和葱郁的山色
向我证明云的来去很有分寸
神迹刻在石板上的印痕
正在点亮远山的灯火
我无力捕捉一道道佛光
一汪汪山泉流向方形的广场
更多的立方体等待云的洗礼
我们都是从地老走向天荒的看客
在陌生的地球拼凑生命的云图
人间的聚散有多远
天人合一的梦境就有多璀璨
完满的一生来自原野
来自树的生长，生命近在云前
我们的甘泉流遍大地
遥远的星际也变得更加新鲜

脚踏实地

不论你从什么地方到来
你都是从树下走过的人
三米五米的里程碑
总也拉不远
两脚之间的年轮

不论你从什么时候离去
你都是从大地上走过的人
七零八落的纪念碑
总也无法丈量
你和故乡之间的距离

人这一生
都是从里程碑走向纪念碑
脚踏实地的人无惧无畏

恒大举起中国的火把

长久以来　中国就充满对火的崇拜
火把照亮的看台　层林尽染
仿佛故都浓重的秋天
绝杀　点杀　三国杀
点点都恒大
东亚　西亚　亚细亚
处处都踩在脚下

你若是举杯长销魂
我干脆一醉就当秋。广州未赢够

今夜就是天河体育场
每天都是今夜八点钟
你若是天地一片中国红
我愿复兴一场中国梦

恒大举起中国的火把
那一把"射日"太阳落
这一把"斩首"最汹涌
恒大的英勇　壮大我们的心胸
世界也变得更加火红

注：
广州恒大足球队于2013年秋天在决赛阶段先后战胜日本的柏太阳神队和韩国的首尔FC队，成功捧起亚冠冠军奖杯。这是中国足球职业化以来的第一个洲际冠军，全国欢腾。"射日太阳落"指的是打败日本柏太阳神队，"斩首"指的是打败首尔FC队。

星光救援

今夏的橄榄枝萤火闪烁
潮白河的夜晚
陪伴着水鸟低声呼唤
我的星光在柳荫下姗姗来迟
这种时候　应该祷告的
不一定是沉默的沙石
和摇曳的思绪
我应该辉煌　如同壮丽的水草
月光延伸到故乡的木栅栏以外
在水光泛滥的河畔
我祈求溺水的星光
像我的乡愁一样野蛮生长
只要今夜有水

所有月明星稀的地方
都是我们未曾谋面的故乡

我只好此刻就病倒
病倒在潮白河五月的水里
我漂泊不定的心啊
无论你多么支离破碎
故乡都会让你明白
你那温暖的主人到底是谁

树有菩提 云有分寸

唐朝用菊花、古剑和酒筑起小屋
宋明的春秋开满房后的山坡
历史像流水那样虔诚
像我的回忆那样一片汪洋
　　　　　　　——《此地可待成追忆》

此地可待成追忆

我开拓一块庄严而温热的土地
再给我两片北方的白桦林
南方的梅雨就会在此地满目缤纷
年华似水　梦想无罪

在欣欣向荣的星明湖畔
陨石坠落到我的领地
我就围土造田　就翻土耕作
就垒起旧石器时代的水车
和遥远的氏族促膝凝望
为工业文明的流水线留下美谈

假如上帝是乘坐诺亚方舟的外星人
把星明湖作为登陆地球的渡口

假如女娲来自一捧珍贵的湖水
为我秋收的田地种下丁香
多么令人神往　我独自神伤

我的土地在回忆中斗转星移
故乡在远古的遗迹里流浪
唐朝用菊花、古剑和酒筑起小屋
宋明的春秋开满房后的山坡
历史像流水那样虔诚
像我的回忆那样一片汪洋

四十以后才明白

我是一个在喧嚣中习惯疲倦的人
却时常保持清醒
我不会因为疲倦去抵抗苦难
我用四十多岁的年纪，选择分担
在一望无际的字里行间
玻璃幕墙为我反射一些光的余辉
有时我也能给钢筋水泥
增添一点乐趣

我看到一阵清新的微风
在拂晓前的山谷搜寻着我的模样
四十以后做一个有骨气的牧羊人
为了溪水边的一棵树
像父亲那样种下一片竹林

如果之前我不是一种大理石
一种冷漠的钢材
一种,建造城堡必不可少的颜色
我如今就能化为秋霜
红遍香山的黄栌树

江南的枫树就会
吸收和珍藏我四十以后的容光
那久违的容光啊
留给天空去品尝

雨夜

应该是有人在享受孤独
这么多被秋风催熟的烈酒
滴满他们夜游的路
今晚的每一场雨都下得脱离主题
基本没有浪漫,秋寒也很微弱
我来不及跌倒
学着屋顶上风的样子　在雨里疲惫
我每做一个梦
他们就失眠一回
我原来是在雨里沉睡

似乎是有人在消遣寂寞
这人不像是我
黑夜很无辜,无辜到不想开口
还有溅到我身上的雨
雨是一种虔诚的祭品
像是永久的寂寞,供黄土消遣

我无法和睡眠保持动态平衡
顺着他们夜游的路　来回走
一直走到自己一醉方休

一定是有人用树枝练习忏悔
假装忏悔之后练习广场舞
我是该恨的人
把情调都给了没有任何障碍的人
把过期的忏悔留给自己
我不该在雨里沉睡
夜游是今晚唯一的姿势
我必须从自作自受的梦里面醒来
像他们一样　往回走
再也无法喝着夜雨一醉方休

素颜北京 2016

我知道不会再有永和九年
2016 的狂乱山水列坐其次
我还能得到一些零散的光芒
但我不能没有浪漫
浪漫的发动机和红色预警相互纠缠
时光是天空用来开脱罪过的招牌
四季无须分明　昼夜不再分开
我放弃坐北朝南的优雅
和畅的惠风沿着中轴线蔓延
躲避来自《火星救援》的那场风暴
我被陶然南岸的冰冷推向极限
开始走向让自己感到有罪的瞬间
如果我也失去救援
就让我和北京一起素面朝天

肆 芳尘凌波 横飘高空

芳尘凌波李清照
柳雨霖铃
志摩的天火
横飘高空——献给弥尔顿
我们都是时间的俘虏——献给帕斯捷尔纳克
诗在天涯，以梦为马——写给海子
你的画作故弄玄虚——写给顾城
你不该用小说去写诗——写给戈麦
诗人们的诗

素云如何雨　江梅如何秋
又有哪一朵瘦落人前
你说　这朵窗前如梦令
　　　那朵满庭声声慢
　　　——《芳尘凌波李清照》

芳尘凌波李清照

秋藕断丝以后
你再也不愿登上兰舟
江东的新月独自满楼
鸿愁九万蓬　　倾城的风絮
梅雨七十二年　孤雁守山
西风把酒　　　香菊卷帘
素云如何雨　　江梅如何秋
又有哪一朵瘦落人前
你说　这朵窗前如梦令
　　　那朵满庭声声慢

站在你照影的桥下
斜阳都在恨我
恨我让你的春波阑珊

但你盈袖的暗香
早已动如晴虹　止若卧焰
桃溪的水畔
再不会艳消雪减
你只要临水登楼
我陪你再添一缕新愁

柳雨霖铃

你走在雨幕的深处,水漫漫
风花雪月无限远
甚至看不见北宋的尘烟
云树缭绕,十里荷花
隔断你我三千年
沉沉的暮霭中,你奉旨填词
我不在梅边在柳边,谱曲
长亭外的骤雨在井水中搁浅
使我至今仍在凝噎
多想为你把今夜的残月斟完
和你对饮烟波潇潇的楚天
临风高唱柳三变的清秋和寒蝉

志摩的天火

你是天上一朵云,我的诗人
我是地上一泓水
你投下明艳的影,背影
我抱紧绵密的悲

空中的月辉在跳荡
夜半的松风入梦
在忏悔中祈祷
祷告三一年的那次轰响
永远不要如期而归
团团的火影
带来你临别的云彩

我闭上这一双眼
你依旧婷婷地升上天
照亮我心头的沟沟坎坎

雾色也着了火,我的志摩
鸟群覆压着天空
你的翅膀不能飞翔
满山都是火的影子
新月一样的泉水
在火潮中逆流而上
康河两岸的相思树
闪烁开放。为你奔放
那是祭你而去的丝丝天光
灯火隔山
隔不断天上人间的呼唤

我为你从上帝那里讨回公道
你让我从魔鬼那里有路可逃
上帝修筑那么多天堂
没有一座固若金汤
——《横飘高空——献给弥尔顿》

横飘高空
——献给弥尔顿

你的声音如同眼光一样灿烂
不要害怕白昼又带来黑夜
我为你从上帝那里讨回公道：
人不可能同时失去两个乐园

（一）你的声音如同眼光一样灿烂

我渴望你的呼声从上空降临
即使满目黑暗　也决不沉默
每一夜都让我听见
红润的水涛为夜色带来的私语
在徐徐的云气中飒飒作响

我要驱赶野蛮的轰鸣和纵酒之徒
为你的天堂寻找火热的听众

五月花晨混合深沉的浓雾
淹没你四十岁以后的路途
我将追随你那神圣的声音
平安地返回圣土
再次为英国人民声辩

(二) 不要害怕白昼又带来黑夜

站立地面　四周悲风弥漫
我祈求闪闪晃动的灵光
带着你伟大的怒火
像天使一样照耀永恒的国境
去追逐一次似是而非的升腾

你的希望是那宏伟的夕阳
西沉之后依旧照亮另一个世界
我要收藏你的黑暗　和你一起
到地狱中找回上帝的尊严
你不要害怕白昼又带来黑夜
做梦不是上帝特别奢侈的恩赐
你那比星空还圣洁的爱情
不会从梦中离家出走

（三）我为你从上帝那里讨回公道

你脚下的黑云在风翼上显现
珍珠一样的露水
湿透平展的海床　我浑身冷颤
你仿佛又要从天而降
再次进入我的梦乡　让我温暖

沉静的圣山俯瞰夜间的恋鸟
在浓烈的晨光中迎风招展
丰腴的焰火摇曳你的呐喊
我为你从上帝那里讨回公道
你让我从魔鬼那里有路可逃
上帝修筑那么多天堂
没有一座固若金汤

（四）人不可能同时失去两个乐园

为了驱除魔鬼
你跟泉水一同潜入地下
又和它一起喷涌而出
你走过千万条广大富丽的路
在葡萄神酒中自斟自酌

却在伊甸园外流离失所
你不可能同时失去两个乐园
失去光的世界
你能为黑夜力挽狂澜
失去地上乐园　就能横飘上天

你整个人生都落难　还在引吭高歌
洪大的呼吸也面临艰险
我在难堪的猛火中为你奔走
甘心承受撒旦对你的复仇
拯救你的声音　放弃你的目光
我们都想听见
你为世界人民再次声辩

我们都是时间的俘虏
——献给帕斯捷尔纳克

莫斯科在你出生之前就属于你
在你长辞之后开始翻译你的冬天
积雪覆盖了你的地平线二十六年
不只是你　我们都是时间的俘虏
托尔斯泰和他派来接你的马车
同样是这个世界永恒的人质

你今夜不能忍让　出门向左拐
给远在柏林的亲人写一封长信
告诉他们。冰冷让人获得新生
越是偶然越是真实
你偶然遇见自己的再次降临
遇见日瓦戈医生

我也许偶然遇见你
必然存在的雪地和规律一片空无
所有必然发生的都冷若冰霜
即使是意外死亡

拒绝比离别更加痛彻心扉
你的身上没有日落
我无法拒绝你给的冬天

像你那样在冬天痛苦的人
尤其充满对离别的憧憬

我穿过房后的常青林　踏着积雪
看到你的诗歌那样单薄
甚至缺少御寒的长衫
听到你的歌唱那样雪白
人间的积雪真的太深，我的诗人

诗在天涯,以梦为马
——写给海子

你不该用铁轨去守卫
面朝大海的山海关
你说 远方除了遥远一无所有
你还是坐在麦穗编成的一条船上
浪迹天堂。自私
把死留给明天的自己
年迈的母亲站在晾衣杆下等你回家
《亚洲铜》就像青铜器一样古典
刚好造一把小巧玲珑的短剑
短剑主要负责和你周游世界
大地需要用它拯救你倔强的脸庞

唐诗和宋词用浪漫也救不了你
你的思想不是由它们去填充
你的智慧塞满他乡的小说
即使你满身刀光剑影　此火为大
我们最想守护和崇拜的
还是你那关心粮食和蔬菜的妈妈
我的农民兄弟呀，先谋生再谋诗
先谋生再谋死

你的画作故弄玄虚
——写给顾城

你用漂洋过海的斧头去写诗
用英子的物质渴望去嘲笑悲伤
一座新西兰古朴的激流岛
被你削成一块永恒的大理石
你是这个时代最复杂的光明使者
为迷惘的《一代人》带来光芒
自己却永久陷入儿女情长的黑暗
上帝用成千上万的磨难也救不了你
他更不会参加你的葬礼
你那沉郁的爸爸为你整理诗集
走了一万一千里。怪你
怪你的画作太诡异　故弄玄虚
超越诗人的自由驾驭
让你没有学会像青草一样呼吸
即使你拿起达芬奇的画笔
可怕的是　也无济于事

你不该用小说去写诗
　　——写给戈麦

你的生命像万泉河一样清澈
你身上的小石块和你都来自巨野之战
草生长的时候　你在水里沉睡
圣洁的河岸向下垮掉
我们也像你一样开始时光倒流
我们可能回不到自己的未来
《陌生的主》都能选择
你这个不能体味广大生活的人
你却无力选择自己
你不该用博尔赫斯的时态去造句

更无力在小说和诗歌上两全其美
贪婪。文字也能藏着一颗子弹
你原本就是光的正在进行时
正在过好一段生儿育女的时光
正在看着北京扩充到七环
正在把诗稿焚烧
当一名高薪网络言情作家
你却把自己装进过去完成时
在文字的王国孤芳自赏

诗人们的诗

泰晤士岸上湿黑的枝条深入到水
游移到深梦的莱茵河畔
铜红色的夜晚　纠缠着
随季节一起消逝的情感
灿烂的风和午后的传说
在围困沙滩以后
暧昧地亮着，照着上帝重返人间
亮在一条条简单却残忍的河上

艾略特的四月，谨慎的四月
被浓酒压缩成为里尔克的秋天
普希金随时去忏悔的爱情
被遗弃在原野，日渐风化
秋日的墓志铭落叶纷飞

在荒原的尽头
你们的手指和笔尖可以触天
我停留在童年的后花园